MON JOURNAL.

Introduction.

En regardant, ainsi qu'un potentat,
Le journalisme étendre son empire,
Des nations exciter le délire,
Porter la main au vaisseau de l'Etat,
Loin vers le port qu'il veuille le conduire,
Dans la tempête alors qu'il se débat,
Nous disons donc : Que Dieu nous en délivre! (1)
Or, à ces mots, un tumulte infernal
Vient, par les airs, à l'instant nous poursuivre.
Chacun de dire : il me faut un journal !
Du monstre (2) ailé téméraire vassal,
J'entends tes cris : un journal il faut lire!
Soit. Je le veux, s'il n'est point commensal
De l'être vain qu'a dénoncé ma lyre.
Pour un moment calme et retiens ton ire ;
Cherchons plutôt s'il n'est point de cité
(Mais à ce titre) où puisse être cité
Quelque penseur, simple dans l'art d'écrire,
Qui satisfasse à ta nécessité,
Et, sans scandale, dise ce qu'il faut dire,
Taisant le mal, même la vérité,
Si la connaître est de deux maux le pire.
Or, l'autre jour, poussé par l'aquilon,
Des Bas-Normands je revis un vallon
M'offrant asile en son paisible ombrage,
Qui d'un ami protége l'hermitage.
Sitôt admis à l'hospitalité,
Après l'abord et tous les frais d'usage
Qui d'amitié sont le doux apanage,
Au coin du feu, l'un par l'autre écouté,
Les deux causeurs, suivant que leur mémoire
Le leur dictait, repassaient mainte histoire,
Dans un récit que souvent égayait
Un rouge bord dont chacun s'ondoyait.
Tous deux avaient aux guerres de l'empire
Un heureux fonds de contes à redire.
Mais après tout s'étant bien reconnus,
Au temps présent les voilà parvenus.
La politique eut aussi son chapitre.
Mais, dit alors, le maître du logis,
Très-peu j'en cause, ou j'y casse la vitre,
De nos journaux tellement je rougis.
J'en fis longtemps ma lecture première ;
Puis j'observai que dans leur gibecière
Nos rédacteurs n'avaient poudre ni plomb,

(1) et (2) Voir le Journalisme, satire.

Tant qu'à la fin ils perdaient leur aplomb,
Ou qu'autrement, à l'instar d'une meute,
Ils se taisaient quand finissait l'émeute ;
Et, pour tout dire en un mot, qu'à ce jeu
Le journalisme eut bientôt fait long feu.
La feuille en main, aux trois quarts délaissée,
Ne valait plus qu'un quart à ma pensée,
En défalquant son ennuyeux ergot
Et sa critique en façon de margot,
Ses traits malins et ses nouvelles fades,
La page aussi d'annonces aux malades,
A tous lecteurs d'innombrables écrits ;
Les arts, la mode et la rente y compris,
Le calembourg ou quelque froid dicton,
Puis le théâtre, enfin le feuilleton.
Lors je trouvai qu'en la forme d'annales
Mieux nous irait, et bien à moindre coût,
De nos succès, ou de nos saturnales
Un exposé correct et d'autre goût,
Telle qu'en ferait certaine plume habile
Sur autre plan et par de plus beaux vers
Que mon esprit chargé de soins divers,
Exempt, du moins, de colère et bile.

Annales. Décembre 1848-49. Sommaire.

Pendant ce temps la France a soutenu
L'honneur du nom ; et l'on est parvenu
A relever la question vitale,
A réprimer toute force brutale,
A rendre enfin à la chose publique
Certain essor, qui de la république
Apaise aussi les trop justes douleurs.
Sur le présent jetons donc quelques fleurs.

Au Président.

Du dix décembre précédent
A Napoléon, président,
Que nous fûmes heureux d'élire
Par grandes acclamations
Nous souhaitons un doux empire
Sur les mauvaises factions.

Assemblée nationale.

Mais à l'avènement facile
De ce nouveau chef au pouvoir,
D'abord il eut à se pourvoir
Contre cette humeur indocile
Qu'une tactique trop habile
A la chambre fit prévaloir.
Par elle, il faut bien qu'on l'avoue,
Pour vous parler ici sans fard,
De la présidence le char
Souvent eut bâtons dans la roue,
Et n'eût-ce été par fermeté
Par douceur même et par prudence
Il eût tenu longue vacance
Dans l'ornière sans dignité.

Mais soudain le cri de la France
Fut par le grand nombre écouté,
Qui, par préséance resté,
Dut s'en aller par bienséance.

Assemblée législative.

Peu de jours après ce départ
La Législative, d'emblée
S'installa ; De l'autre assemblée
Beaucoup y perdirent leur part.
On vit cependant la cadette,
De son aînée en bonne sœur,
Tenir encor quelque rigueur,
Certaine haine peu discrète
Contre le langage officiel
Du cabinet présidentiel.
Se succédant à la tribune
Comme pour la cause commune
D'orateurs un groupe partiel
Y distillait et bile et fiel.
Bientôt leur influence accrue
Mit le ministère aux abois
Quand du sanctuaire des lois
Ils descendirent dans la rue.

Insurrection de juin 1849.

Le prétexte du brouhaha
Fut l'expédition romaine ; (1)
L'autre chambre, bien qu'incertaine,
Y consentait cahin-caha ;
D'ailleurs à force d'éloquence,
Dans l'analyse du projet,
Le ministre, non sans sujet,
Avait usé de réticence ;
Irréparable omission,
Qui décolorant l'entreprise,
Contr'elle en effet donnait prise
A l'attaque, à l'illusion.
Or la pacifique croisade,
Du Tibre les bords envahis,
Par nos Romains de tous pays
Furent traités en pasquinade ;
Puis tout de bon l'on se fâcha ;
Au ministère on reprocha
Rome impunément bombardée,
Et la nouvelle hazardée
De nos malheurs, de nos revers ;
Telle, des airs au beau travers
Toute une phalange emportée
Par certaine mine éclatée,
Dont, par bonheur, l'effet produit
En gasconnade se réduit.
Si de la mine controuvée
Nos guerriers n'eurent à souffrir
Moins facile il fut de guérir

(1) Expédition contre les Romains.

La capitale soulevée ;
Car dès-lors on vit s'ébranler,
Sur nos boulevards s'écouler
Ces masses auxquelles on donne
Le nom de paisibles colonnes,
(*Pacifiques rébellions*)
Mais dont le pouvoir prit ombrage,
Auxquelles il lui parut sage
D'opposer tous ses bataillons ;
Pourtant il se trompait peut-être
Sur le rassemblement formé,
Dans son sein bien qu'on vit paraître
Le dictateur (1) par lui nommé,
Mais pour la paix tant animé
Qu'il s'esquiva par la fenêtre.

Insurrection de Lyon ; troubles dans les Provinces.

Quoiqu'il en soit, ces mouvements
Que juin dans Paris vit éclore
Furent de plus graves encore
Suivis dans les départements.
Avec eux ceux de la grand'ville
Révélaient par connexité
Dans un plan de guerre civile
Une affreuse complicité.
Lyon, de combats fratricides,
Revit ses murs ensanglantés ;
Partout des clameurs homicides
Epouvantèrent nos cités ;
Rouge, d'odieuse mémoire,
Contre l'étendard de la gloire
Un drapeau rival élevé
Voulait, dans le sang abreuvé,
De rechef souiller notre histoire ;
Aux braves resta la victoire,
A Changarnier (2) ; pure il l'obtint,
Dans Paris il sauva la France ;
A Magnan, belle de vaillance,
Dans Lyon même il la retint.
Mais des noms chers à la patrie
Si tous ici prenaient leur rang,
Le nombre trop en serait grand,
La source n'en est point tarie.
Des éloges incontestés
Seulement ne sauraient se taire
Tant sur la valeur militaire
Qu'on signala de tous côtés,
Que sur la garde citoyenne
A qui l'honneur veut qu'il revienne,
Aussi bien qu'à tous nos guerriers,
Place au péril, part aux lauriers.

(1) Ledru-Rollin aux Arts et Métiers.
(2) Changarnier, général commandant la garde nationale et l'armée.

Fuite ou arrestation des conjurés.
La justice poursuit.

Le fort de la tempête et le ciel en orage
De jours sereins sont le présage.
Cet oracle dut s'accomplir
Après d'aussi fâcheux désastres;
—Point n'en parut la preuve écrite dans les astres ,
Mais sur des fronts qu'on vit pâlir.
De nos Catilinas sitôt rentrés dans l'ombre
On ne compta plus même nombre
Ni dans le parlement , ni même en la cité ;
Celui-là plus rassis , cet autre épouvanté ,
N'ayant point tête empanachée ,
Qui fut pour la fuite empêchée ,
Décampa sans donner du cor
Et court encor.
La justice en un cas si grave
Par l'enquête légale eut soin de préluder ,
Et s'assura sans plus tarder
Qu'à son cours nécessaire on ne mit nulle entrave.

Proclamation du Président. Conduite du Ministère
et de l'Assemblée. Lois rendues.

Lors s'entendit une voix solennelle
Dire aux méchants : tremblez à votre tour !
L'harmonie aux pouvoirs fût telle
Qu'on les crut unis sans détour.
Puis on vota les mesures sévères :
Etat de siège en divers lieux ,
Contre les clubs des lois austères
Et poursuite des factieux.
Puis maint décret qu'au tapis l'on dut mettre
Sur lesquels on délibéra
Parut le calme nous promettre;
Alors la FRANCE respira.

Prise de Rome par les Français.

Puis la victoire, à ce nom qui l'inspire,
Des bords du Tibre répondit :
« Gloire au drapeau qui me dut cet empire
« Qui sur le monde s'étendit !
« O France ! je t'ai reconnue
« A cette ardeur en tes soldats,
« A ton canon perçant la nue,
« Au génie actif des combats!
« Du plus haut point de l'empirée
« Où je me fusse retirée,
« Je devais m'élancer vers toi !
« Me voici , reconnais ma loi !
« Je ne pose point ma couronne
« Sur un peuple en vain établi ;
« A de faux Romains je ne donne
« Que la défaite ou que l'oubli ;
« En vos triomphes toujours purs ,
« Français , dans la ville éternelle ,

« Placez , en respectant ses murs ,
« La glorieuse sentinelle ;
« Et que par vos bras terrassés
« Ces hommes qui n'ont de la guerre
« Que l'art de désoler la terre ,
« Fuient à jamais dispersés ! »

La confiance renaît :

A ces mots , l'on crut voir encore
Ces temps fameux où chaque aurore
Un nouveau triomphe éclairait ;
Ou , du moins , ce lustre à nos armes
Dissipa certaines alarmes
Dont notre horizon s'entourait.
Dès ce moment la présidence
Cessa d'être une fiction ,
Et sous son inspiration ,
Le ministère avec prudence ,
La chambre même en évidence
Furent tout un dans l'action.
Bientôt comme à demi guérie
On vit renaître l'industrie
Avec le commerce et les arts.
Sans courir de nouveaux hasards ,
On espéra vivre dans l'ordre ;
Les propagateurs du désordre
Dans le silence retenus ,
La paix , le calme revenus ,
Les richesses dans la campagne ,
Le bonheur qui les accompagne ,
Inspirèrent aux cœurs joyeux ,
Parmi ces biens et l'abondance ,
L'élan de la reconnaissance
Vers le puissant Maître des cieux.

Vacances de l'assemblée.

Bien avant qu'à l'automne un soleil radieux
Ne signale encor la vendange ,
Au législateur soucieux
De ses travaux fastidieux ,
La campagne montre en échange
Ces nobles plaisirs qu'elle arrange
Quand de la plaine à la forêt
Le lièvre quittant le guéret
Sur sa trace défie une meute empressée ,
Ou quand la balle courroucée
Punit de la perdrix le trop rapide vol
Et roide l'étend sur le sol ;
Ou bien , d'humeur non giboyeuse ,
L'homme d'Etat plus mesuré ,
En un château claquemuré
Trouve une voix harmonieuse ,
Entend et goûte ses accents ,
Cloche sonnante , en une table ,
Prend le tonique et confortable

Digne des estomacs puissants ;
Après légère promenade ,
L'honnête cigarre à la main,
Soupe , se couche non malade
Et s'endort jusqu'au lendemain.
Or, si telle ne fut la cause ,
Tel put être le passe-temps
Dans la très-agréable pause
Que firent nos représentants ,
Qui des cas suivant l'exigence ,
Loin de jamais se récuser ,
Votèrent comme loi d'urgence
Chez eux d'aller se reposer.

Le Président dans les provinces.

Pendant que la Législative ,
Faisant trève à la vie active ,
Vers ses pénates cheminait ,
Sous de favorables auspices
(L'on dut croire) et sans artifices
La présidence gouvernait.
Lors on vit se donnant carrière
Cet élu de la France entière
Aux regards d'un peuple étonné ,
Montrer dans plus d'une province ,
Sous les brillans dehors d'un prince ,
Le chef d'un pouvoir trop borné ;
Trop borné pour qu'on s'imagine
Que de sa très-haute origine
Il ait voulu se prévaloir ,
Mais assez imposant encore ,
Avec le grand nom qui l'honore ,
Pour qu'on s'empressât à le voir.
On s'empressa même à l'entendre ;
Conciliant dans ses discours ,
La justice encore il sut rendre ,
Au faible il prêta son secours ;
D'un vieux guerrier des Pyramides
Il raffermit les pas timides
En attachant avec bonheur
La croix des braves sur son cœur.
Les peuples en expectative ,
D'une même ardeur animés ,
Craignaient qu'en sa locomotive
Ou trop peu de feux allumés
Ou quelqu'obstacle à la vitesse ,
En altérant le mouvement,
Ne retardât l'heureux moment
De lui montrer leur allégresse.
Sur plus d'une rive attendu,
Autres que de Seine et de Loire ,
Où l'on gardera sa mémoire ,
Leur vœu ne fut point entendu ;
Car bien que comme un météore
A voyager il eût appris ,
Le temps, bien plus rapide encore ,

Sut le ramener dans Paris.
Au sortir du débarcadère ,
Comme dans une autre atmosphère
De rechef il est engagé ;
Aux soins de l'État il se livre ,
Devant lui tout semble revivre ,
Mais l'esprit public est changé.

Nouvelle division des esprits.

Sous l'influence salutaire
Du péril et de la terreur,
Devant l'anarchie en fureur
La concorde était nécessaire ,
Ce fut l'ouvrage de la peur.
Mais sitôt qu'adieu la stupeur ,
Sitôt adieu les camarades ;
Voici venir les gasconnades
Avec l'intrigue et le cancan ;
On crut voir à la débandade
Les hommes d'État en aubade
Et la république à l'encan,
Nonobstant l'auguste présence
Des législateurs réunis
Mais qui par suite de l'absence
Purent se trouver moins unis.
Toujours est-il que la tribune
Redevint , par un beau matin ,
Sous l'influence inopportune
De quelque dangereux lutin
Animé d'esprit clandestin
Et poussant même à la rancune ;
De là survint que l'on put voir
Nouvelle mésintelligence ,
Froideur, réserve ou méfiance
Dans les organes du pouvoir.
Soudain la lutte est rengagée,
Mais non les armes à la main ;
C'est encor cet état romain
Qui haute nous tient la dragée,
Et l'on demande à nos guerriers :
Quels fruits ont porté leurs lauriers ?
Par eux , libre de l'esclavage,
Rome , ainsi qu'aux jours de revers ,
Doit-elle encore à l'univers
Montrer son funeste veuvage ?
Et pourquoi , de leur triple airain ,
Les murs sacrés du Capitole
N'ont-ils pas salué l'étole
De leur immortel souverain ?

La diplomatie et le Saint-Père.

Ah ! c'est que les grands de la terre
Dans leurs conseils ou quelque écrit
Au noble lieutenant du Christ
Ont comme déclaré la guerre ;

Guerre intestine dans les cours,
Qui toute d'intrigues noircie,
Sous le nom de diplomatie,
Des évènements suit le cours ;
Qui, sous le voile d'alliance,
Les dehors de la bienveillance,
Sème la discorde aux États
Et va troubler les potentats.
« Celui (1) qui dans les cieux réside
« De ces grands conseils se rira ;
« Le Seigneur même insultera
« A cette trame déicide.
« Maintenant, rois et grands, songez
« Combien vaine est votre science ;
« Recourez à la sapience
« Vous qui sur la terre jugez ! »
Apprenez que du saint Empire
Le monarque, l'oint du Seigneur,
De lui-même tient la grandeur
Qui provoque votre délire,
Et que le sceptre maintenu
Dans la main ferme d'un apôtre,
Ne saurait ainsi que le vôtre
Être un jour hochet devenu.
Si, dans le monde, sa puissance
N'est que grain de sable à vos yeux,
De vos projets insidieux
Ce sable accuse l'impuissance.
Tel celui qui des flots amers
Entend la voix tumultueuse,
Qui dans sa course impétueuse
Arrête l'élément des mers.
Partout ailleurs fin diplomate,
Ici chrétien non à demi,
Que nul d'entre vous ne se flatte
D'ébranler ce trône affermi,
Dont le monarque se dérobe
A vos esprits contentieux,
Qui, s'il n'a qu'un pied sur le globe,
Porte sa tête dans les cieux.
Or telle fut la dissidence
Qui surgit sur ces vérités,
Que comme points très-contestés
On en discuta l'évidence.
En apparence les esprits
Sur ce chapitre s'animèrent
Et gravement s'envenimèrent
Comme si le feu leur eut pris ;
Mais de cette lutte nouvelle
Ce n'était là qu'une étincelle,
Secrètement un autre objet
Du conflit était le sujet.
Ici, comme fait analogue,
Peignant la situation,

(1) Ps. 2. Qui habitat in cœlis..... et nunc reges.. »

Lecteur , à ton attention
J'offre le suivant apologue :

Apologue.

Un jour l'homme et les animaux
Convinrent désormais de ne vivre qu'en frères ;
Plus de maîtres , plus de misères,
Partant plus de rudes travaux !
Car à la commune existence ,
Et par mutuelle assistance
Chacun apporterait mêmes soins diligents,
Autant les bêtes et les gens.
Après l'accord , il survint d'assemblage
Qu'un cheval , un bœuf , un mulet,
Composèrent le triolet
Que d'un grand char exigeait l'attelage ,
Et cependant l'homme suivait ;
Non plus , selon l'ancien usage,
Pour molester tout l'équipage,
Mais pour aider , s'il arrivait
Quelque rencontre inopportune ,
Quelque heurt, en un cas pareil
Pour écarter les chances d'infortune
Il serait admis au conseil.
Tout allait bien et les trois races
Ne montraient d'abord nulles traces
D'esprit contraire au pacte convenu ;
En tête l'animal cornu ,
Timoniers , le cheval et sa branche cadette ,
D'une allure égale et discrète
A leur compagnon faisaient voir
Que sur eux bien il fit d'abdiquer son pouvoir.
Quand tout-à-coup séduisant paysage
S'offre aux regards de l'être ruminant.
Ces prés fleuris , se dit-il cheminant,
Ne sont-ils point pour mon usage ?
Par ma corne, il serait peu sage
De n'aller point incontinent
Brouter ces fleurs , ce pâturage
Jadis , peut-être , l'apanage
De quelque seigneur ou manant.
Là dessus il beugle , il fait rage,
Et bientôt par saut et par bond
Vers un ravin, en furibond ,
Il entraînait tout le bagage ,
Si l'homme arrivant au secours
Ne se fût porté de concours
Au reste de l'aréopage.
Nos coursiers un peu dissidents
Par le fait de leur origine,
Mais rendus sages et prudents
Devant l'imminente ruine,
A la voix de l'homme d'accord
Font retraite , doublent l'effort,
Et si bien savent se débattre,
Qu'à la fin en brisant le trait ,

L'animal glouton, comme un trait,
S'échappe seul d'entre les quatre.
Sitôt remis de leur effroi,
Après s'être donné parole
D'observer la commune loi,
Chacun reprend son premier rôle.
De rechef le char ébranlé
Roule à souhait suivant la voie
Où son nouveau destin l'envoie;
De querelle il n'est plus parlé.
Or, on devait, suivant ce mode,
Atteindre, disait-on, une terre commode,
Abondante en biens, en plaisirs,
Pourvu qu'en la route tracée
Il ne vint plus à la pensée
D'écouter quelques vains désirs.
Mais, ô fatalité contraire!
De la route un embranchement
Chez nos coursiers ranime le ferment
De cette haine héréditaire,
Qui jusqu'en la direction
Amène contestation.
Ainsi, pour la droite ou la gauche,
C'est l'un qui sur l'autre chevauche;
C'est notre pégase un peu vif
Grondant son compagnon rétif;
Que n'ai-je, lui dit-il, pour suivre ma carrière
A mes côtés ce rejeton
Jadis la gloire du canton
Qui le vit naître à la lumière!
Avec lui je saurais mener ce noble char
Dans cette route la plus sûre
Et sans que personne en murmure
Hormis ton être un peu bâtard.
Moi, dit l'autre, par mes oreilles,
De ma belle postérité
Je te ferais voir qu'assisté
Sous mes pas affermis sortiraient des merveilles!
Cependant l'homme à ces discours
Attentif, inquiet, rompt enfin le silence:
Amis! qu'est ceci? ce concours,
Seul objet de mon espérance,
Par votre langage discord
Tournerait-il en désaccord?
Non, par les mânes redoutables
Du plus grand de tous mes aïeux,
Point je ne souffre qu'à mes yeux
S'offrent ces scènes lamentables!
De la concorde trop jaloux
J'en appelle aux lois tutélaires,
Dont je veux assurer, pour vous,
Moi seul, les effets salutaires;
Je veux!.... à ce noble courroux
Nos amis la tête inclinèrent,
On dit même qu'ils redoutèrent
De s'en aller sous les verroux,

Ou bien de voir , comme naguère ,
Victimes d'un sort inhumain
Leurs pareils arpenter la terre
Sous l'homme une verge à la main.
Cet apologue nous retrace
Qu'un sot accord est toujours vain ,
Que le meilleur, le plus certain
Est que chacun reste à sa place ;
Il fait en second lieu connaître ,
Quand les monarques sont bannis,
Que de se montrer désunis,
C'est le moyen d'avoir un maître.
Enfin du conflit précité ,
Par le fait , voilà bien l'image ,
Qui d'autres détails nous dégage
Pour en tracer la gravité.
Par ce char il faut que l'on sache
Que l'État même est figuré ;
Cet attelage bigarré
Aux divers partis se rattache.
L'homme représente un conseil
Ennemi de la dissidence,
Ou , si l'on veut, la présidence
Que l'on vit en un cas pareil
Adopter le même langage ,
Dont diversement on parla ,
Et qui , sous le nom de message ,
Son autorité révéla.
De nos puissances triennales ,
Constatons ce premier exploit:
Digne de l'honneur qu'il reçoit
D'être cité dans ces annales.

Tribunaux. Haute-Cour de Justice.

De Seine-et-Oise le lieu-chef,
Du Cher conquérant l'héritage ,
Tient la Haute-Cour en partage
Pour y procéder de rechef
A ces jugements difficiles
Soit d'inculpés très-indociles
Qui déclarèrent à Thémis
Plus ne compter pour ses amis,
Voulant lui prodiguer l'injure ,
Changer son poids et sa mesure,
Ou soit d'autres contrevenants
Qui comptèrent comme prouesse
De lancer contre la déesse
Leurs anathèmes fulminants,
Fort à leur aise en quelques places
Où , sans danger, non sans regrets ,
Mais à titre de contumaces
Ils pouvaient braver ses arrêts.
Nous souhaitons à la justice
Dont l'éclat ne saurait ternir
Que ces délinquants du solstice
Ne viennent plus l'entretenir.

Affaires étrangères. Situation de l'Italie.

Prétendant leur cause en litige,
Les nations de toutes parts,
Par un entrain qui mal dirige,
Ou prises d'un commun vertige,
Ont relevé leurs étendards.
Peuples hongrois, peuples lombards,
Vers le Danube et sur l'Adige
Menaçaient l'aigle des césars.
Comme signal d'un cri de guerre
L'Etna même ouvrit son cratère,
La lave nouvelle en sortit
Et tout l'Apennin retentit ;
Et voilà qu'en la péninsule
A ce doux nom de liberté,
Pour la nationalité
Aussi prompt qu'en une capsule
Le feu prend à tous les États.
Tout s'insurge dans l'Italie,
Pour combattre l'on se rallie,
On dépose les potentats,
Et jusqu'en la ville éternelle
Le Pontife-Saint, rejeté,
Voit une horde criminelle
Lui ravir son autorité.
Mais par des passions diverses
Nuisibles au commun accord,
Ces esprits dans les controverses
Paralysèrent leur effort,
Et la cause nationale,
Perdue en contestation,
N'amena pour triste finale
Que désordre et confusion.
Vers le nord, l'aigle germanique
Présente une serre aux fuyards ;
De l'autre il donne la panique
Aux Piémontais, aux Savoyards ;
En Toscane, démocratie;
A Turin, constitution ;
Ailleurs, la restauration ;
Et les Romains dans l'inertie;
Du Vésuve les feux calmés,
Ceux de l'Etna moins allumés :
Tel est le tableau que présente
Ce beau berceau des Rossini,
Près duquel j'entends que l'on chante
N, i, ni, tout n'est pas fini.
Car si l'on sait qu'un jour, de Rome
Les canons français reviendront
Encore ignore-t-on bien comme
Ceux de l'Eglise y rentreront.
Pas davantage je n'explique
Comment il résulte du cas
La conduite diplomatique
A tenir en un tel fracas.

Oh ! sans doute la France libre.
Sait conserver son équilibre
Devant ces intérêts divers ,
Et sans leur porter nulle atteinte ,
Par entente ou sincère ou feinte
Garder la paix à l'univers.
D'une politique mobile
Suivant l'éventualité ,
Elle ne fut pas moins habile
A sauver sa neutralité ,
Qui dans l'antique Germanie
Terre classique en harmonie
Dut péricliter sur le sol ,
Comme en celle où la mélodie
N'a besoin pour être applaudie
Que des charmes d'un *si bémol.*

Troubles en Allemagne. La Diète.

En effet , la grave Allemagne ,
Autant que Toscane et Romagne ,
Féconde en bouleversements ,
Mérite ici que l'on retrace
Le conflit , l'affreuse disgrâce
Qui menaça ses fondements.
D'abord c'est le fameux Empire
Longtemps duquel on pourra dire :
Fils de la Diète et de l'erreur ,
État sous titre d'Unitaire
Dont on lira dans l'inventaire :
Sans trésor et sans empereur ,
Fatigüant l'Europe alarmée
Non par le bruit de son armée,
Mais par l'intrigue dans les cours
Et ses sempiternels discours.
D'autre part , c'est Vienne insurgée ,
Jellachich à son apogée ,
Windisgraëtz lui tenant rigueur
Par l'état de siége en vigueur.
De ces deux héros , en Hongrie ,
La fortune un peu rabougrie
Devant *Kossuth , Bem et consorts ,*
Appelle de nouveaux renforts.
Le Czar leur dépêche en casaques
Son aigle noir et ses cosaques ;
Deux contre un , non sans tablature ,
Des Hongrois ils viennent à bout.
Ceux-ci pour éviter le knout
S'en vont chercher par aventure
Asile en l'État Ottoman.
Le Czar réclame ses victimes ;
On lui répond par un firman,
Que le Turc, selon ses maximes ,
Défendrait que nul s'en allât
Qui seulement dirait : *Allah!*
Et que cette clause première
Rendrait sa terre hospitalière

A tout fugitif menacé.
L'autocrate en fut courroucé.
On y crut voir un cas de guerre.
Bonne aubaine pour nos conteurs !
Déjà l'on citait les acteurs ,
C'était la France et l'Angleterre.
A l'Occident jugeant de droit
D'aller jusques aux Dardanelles ,
En vigilantes sentinelles
Pousser leurs flottes au détroit ;
Ces deux puissances s'y portèrent
Comme pour y montrer les dents ;
Les nouvellistes plus ardents ,
Sur ce grave fait s'exaltèrent ,
Et cependant le vent changea
Sur le Bosphore et la Mer-Noire ,
Car, pour nous , il devint notoire
Que cette affaire s'arrangea ,
Non sous les voiles britanniques
Mais sous celles diplomatiques ,
Qui souvent aux regards surpris
Sous les monts cachent des souris.
Quoiqu'en dise la renommée ,
Tant de bruit souvent est fumée.

Politique de la Russie.

Telle dut être dans sa fin
Cette querelle moscovite ,
Dont le principe et dont la suite
Ne sont que de jouer au fin ,
Laissant à l'Europe troublée ,
Par quelques dehors menaçants ,
De ses projets envahissants
La conduite toujours voilée ,
Détournant du Nil et du Gange
Le trident seul à redouter ,
Trouvant pour lui donner le change
Quelqu'autre objet à contester ,
Jusqu'au temps où cette puissance
De l'Europe nouvel Assur, (1)
Du Nord , dont elle tient naissance,
Dans tout l'Orient , à coup sûr ,
Étendant sa vaste conquête,
Des lieux mêmes où naît le jour
Sur notre Occident , à son tour,
Reviendra comme une tempête
A tout peuple de l'univers
Imposer son joug et ses fers.
Avant que cette grande affaire
Retentisse dans les Ourals ,
De tous ces prétendus houras
Tel est le cas que l'on doit faire.

(1) Voir les Signes précurseurs de la fin du monde, page 25, lignes 3-20 et pages 170-178.

Troubles dans le nord de l'Allemagne.

Maintenant s'il faut revenir
A nos bons Germains en dispute,
Mon esprit lassé se rebute
Devant cette tâche à finir.
On ferait cinquante iliades
Sur la Prusse et ses barricades,
Sur *Herr Blum* victime du sort
Et sur la Diète de Francfort;
Celle-ci toujours en chicane
Et Frédéric tenant sa canne
Sur son peuple par trop mutin,
De la changer fort incertain,
Selon la marche sociale,
En une verge impériale.
Peut-on sans rime peu courtoise
Retracer l'affaire danoise,
Du *Hostein* l'expédition,
Manheim en insurrection;
Décrire en autant d'épopées
Encore cent autres équipées
Constatant qu'avec l'étranger,
Depuis le Rhin jusqu'au Bosphore,
Dans ce siècle, sans métaphore,
La paix est un bien passager,
Et que la France, non sans peine,
Malgré ces conflagrations
Tient à ne point rompre la chaîne
Qui la relie aux nations.

Conclusion.

Or telle fut l'épreuve un peu douteuse
Que, de l'ami, dans son coin retiré,
Sur tout un an récemment expiré
Me présenta la muse un peu conteuse
Sur les récits d'évènements divers
Qu'en nos journaux il jugeait de travers.
Sans objecter qu'un honnête critique
Pût à raison gloser sur la lenteur
D'un an complet sans fournir au lecteur,
Je lui montrai que, pour la politique,
En se réglant sur son échantillon,
Mieux conviendrait, qu'à des esprits capable
On pût, au mois, sans plus de carillon,
De tous les faits rendre les plus notables;
Et sur ce point, sans plus de compliment
Je pris congé du causeur bas-normand.
Du Journalisme athlètes intrépides,
A vous aussi j'adresse mes adieux;
Puisse-je au moins ne vous être odieux
Ayant fait voir aux lecteurs trop avides
Que bien souvent, lentement amenés,
D'évènements il n'en est sous la presse
Pour, chaque jour, à ce flot d'abonnés
Produire un trait qui toujours l'intéresse;
Qu'on peut, ainsi qu'en l'exemple cité,
Même gaiement peindre une catastrophe;
Avec respect et sans rude apostrophe
Parler des grands ou de l'autorité;
Sans s'attirer le renom d'hypocrite
Dans le Pouvoir honorer le mérite;
Ni peu, ni point, enflé dans ses rapports,
Du criminel envenimer les torts,
Laissant d'ailleurs au bras de la justice
Le soin pesant de réprimer le vice;
Se bien garder d'étaler à grands traits
L'affreux tableau de monstrueux forfaits,
Dont le détail ou corrompt ou dégoûte;
Sur ce sujet se taire quoi qu'il coûte.
Ne jamais croire être dans la saison
De propager du roman le poison;
N'avoir de haine ou de fiel à répandre
Sur des partis qui ne peuvent s'entendre;
En son honneur que nul ne soit blessé;
Ne se montrer qu'à bon droit offensé
Si par malheur le crime se colore
Du faux éclat d'apparente vertu,
S'il faut, par lui voir le juste abattu,
Ou blasphémé le seul Dieu qu'on adore.
Le *Journalisme* à ces conditions
Peut être encore offert aux nations.

www.ingramcontent.com/pod-product-compliance
Lightning Source LLC
Chambersburg PA
CBHW061448170626
46811CB00005B/2423